KLAUS REICHERT

LIBER : LIBERTAS

Printed in Austria by Welsermühl, Wels
ISBN 3-7017-0742-1

KLAUS REICHERT

KEHLLAUTE

Gedichte

Residenz Verlag

„Wir sind von gestern her und wissen nichts."

Wintersinn

Unter welchen Massen begraben,
was einmal Weg war und Zaun.
Die zugeschütteten Wörter –

was sie einschlossen
und was aus.

Hügelige Sanftmut,
wo einmal Verwerfungen waren, Abgründe
und der in die Flanke gerissene Steig.

In der zurück-
genommenen Landschaft
erstarren die Nachgefühle.

Wie lange wirst du noch wissen,
weißt du, was war?

Einzig
der gelbe
Fleck,

der sich ins Weiß
bohrt.

Gäb es noch Stimmen,
sie trügen

weit.

Abhanden

Abhanden gekommen
in den Eiswüsten
durchgestrichener Gedanken

(an in den
Bäumen hängender
böser Mütter,

radiert
von Deines-
gleichen)

an was –

Ach, die Ewigkeit –
nur einen Schritt weit
auf dem Grat.

Auf dem Wahnzettel steht,
schwieriger als finden
sei verlieren.

Menschenmüde
wiehert er mit dem Rossegeschlecht,
blinzelnd. Ein letzter

Gedanken-
strich.

Holzfällen

Denkwege,
durch die Sprache geschlagen,
abgeholzt, was da wuchs
und Ringe gebildet hatte.
All diese hervorgedachten,
die mitent-
wurzelten Wörter,
gnomenhaft,
gegen den Himmel gereckt, wie
können sie nennen,
noch nennen,
was aus ihnen wurde,
geworden sein
werden würde?
Zermalmt
der Mißwuchs, so
heißt das, mit ihm
was erst keimte.

Die Lichtung: Schuttberge –
ein weites Feld
für die Kerbtiere
im Bannwald.

Aus der Nähe

Der Schrei und der Regen,
der Pfiff, der Schlag, der Tritt, der Schuß,
der, der, der, der, der, der –
das
von den Perkussionen zu lernende
harmonielose Spiel.
Und
und, rallentando,
das Verstummen
des Schreis nach dem Schuß: Geräusche,
Bilder
von Geräuschen,
und von diesen, den Bildern,
die sie erzeugten: Geräusche.

Du sagst: keines
sei auszuschließen, keines
sei nicht gleich-
wichtig – keines.
Denn es gäbe ja nicht
das mit dem uns fehlenden,
dem un-
übersetzbaren Wort
Benannte:
silence. Du sagst:
selbst im toten Raum
hörtest du,
was in dir schlug.

Schlagzeuge –
am Hals,
an der Schläfe,
anfangs- und endlos,
vor dir und danach, sie
trommeln dich, in

jedem der Bilder, dahin
zurück, wo du bist,
daß du siehst, was
ist.

Übung mit altem Instrument

Der in die Erde geschlagene Klang
aus dem Mondgong: ich
will ihn nicht hören, noch
nicht, den aus dem Tönehaufen
herauszischenden einen,
den einzigen,
mit dem auf-
gehobenen
Hammer von
mir mir
zu-
geschlagenen,
bestimmten
Ton,
der, der
durch mich
hindurchgeht –
bilderlos,
stimmlos.

Noch *ist*
Zeit.

Alter Cellist

Am Abend
horcht er den Tönen nach,
die er einst spielte,
und spielt,
spielt die Zackenschrift der Berge vorm Fenster,
ins linienlose Blau des Himmels notiert,
spielt den Klang der sich kreuzenden Wolken,
greift Sternenintervalle,
läßt Dissonanzen stehen,
die sich wer weiß wo
auflösen.

Dazwischen: erinnerte Reste,
von dem, was geschrieben stand.
Noch einmal: ein Vibrato.

Dazwischen: Stimmen,
ein Ab-
hören
der festgewirbelten,
der ja noch geltenden
Distanzen.
Stimmen:
fahles Flageolett.

Dazwischen –

Eins mit dem, was er umfaßt:
eine Welt,
und findet sein Maß,
hörend,
was keiner erfand.

VORFRÜHLING, LENGGRIES

für Moni

Um die Fichten erste Placken
von braunem Gras.

Befreites Glucksen
unter dem, was noch Schnee heißt.

Die Wege Nervenbäume
aus eiligem Gerinnsel.

Die Spur saugt sich
bis zur Unlesbarkeit voll.

Voll die sumpfige Erde
künftiger Düfte.

Bist du da,
wenn du nicht da bist?

Das Machtwort Huflattich
gegen den weißen Spuk.

Horch:
Das Knacken im Schober

der abziehenden
Abergeister.

Alles wird gut,
seit gestern Nacht.

Nach Dante

Noch einmal den Himmel stürmen.
Noch einmal die Treppe hinauffliegen
mit dem Herzen im Hals.
Noch einmal zum erstenmal
ein
für allemal wissen,
weißt du,
was gilt.

Noch einmal den Sprung
über den klaffenden, lockenden,
den schwarzgestriegelten, ziegen-
rückig gezeichneten
Abgrund ins Fremde.

Noch einmal sprachlos sein,
sprachlos und schmerzlos.
Den Blick frei auf
die, die die
Sonne bewegt
und die anderen Sterne.

Repentir

Dein Gesicht im Profil,
wenn du lächelst, deine Trauer
en face: sie stehen nicht
auf einem anderen Blatt.

Ach, das Gemeinte –
weißt du es,
weiß ich's?
„Bedeuten

in einer nicht reduzierten
Verwirrung." Gestrichel,
und es sitzt
Strich und Gegenstrich.

Korrektur,
die nichts tilgt, stehengelassene
Zeilen
aus dem Schatzhaus

des Unbestimmten, gleich
wahr, gleich
falsch
wie die Reue

und für keinen Blick
gemeint.

unverhofft wie ein Windstoß, es
wehte ja nichts, und
ebenso rasch
schon vorbei

wie das Feuer
um das auf der Brücke ein Fremder dich bittet,
so daß du einen Augenblick
ihn erkennst

wie was am Fenster
als es noch Winter gab
anschoß
als Blume

wie wenn du im Stolpern
den Bruchteil einer Sekunde
erstarrst
und nicht mehr von dieser Welt bist

wie der nicht im Traum
erwartete
Druck deiner Hand
unterm Tisch

und der, der dir von hinten
ins Ohr geigt
und spricht:
Es ist Zeit.

Aschenputtels Schwestern

Eingezeilt als
hätten sie darauf gewartet,
hervorgerufen zu werden,
die gehobenen, die gesenkten
Füße mit den un-
stimmigen Zäsuren.
Abgehackt.

Was stehnbleibt am Ende –
abgerissene Stimmen:
ich bin die rechte,
ich. Und es blutet
und blutet.

Unter ein Bild von van Gogh

Über dem Weizenfeld die Krähen
eingekratzt
von der Erinnerung
an die Kinderhand,
die das Zeichen
für Vögel fand.

Krähen von rechts
nach links
unten,
Keile, Pfeile,
zwei
Tage,
bis sie dich trafen.

Kehllaute

Möglicherweise gepreßt
wie ein abgeschnittener Atem,
erstickter Schrei,
der in der Stimmritze

verlorenging.
Stumme Zeugen
auf der fest-
geschriebenen

Rolle.
Selbst in der Schrift
unter Umständen weg-
assimiliert.

Kehllaute –
bevor einer sie aufschrieb,
war wer sie da, damals, von sich
gegeben hatte, vergessen,

und wir schreiben sie um
aus eurer Quadratschrift
in unsere Haken
nach links und nach rechts.

Schwierig zu lernen,
vielfältig vokalisierbar
und immer mit Sondergesetzen,
schon beim Artikel.

Mit Salböl und Schädel

Schwarz war der Name der Sehnsucht,
schwarz wie die ziegenfelligen Zelte Kedars,
die Teppiche Schlomos,
womit deine Schönheit
einer verglich
vor langer Zeit.

Schwarz wie dein Kleid, Friederike,
wie dein Haar hinter dem
das Lichtrad Iris
unter der Bleizeit Magdalas
hochrollt
zu Mittag,
bis nur das Weiße zurückbleibt,

blicklos und blind
wie die Sehnsucht, weiß
wie die weißgebluteten Wünsche.

(„Dunkler kann es nicht werden.“)

Plus ultra

Blau, wie sonst
scheinen sie durch,
deine Adern,
wie Flüsse,
auf denen dein Schiff Esperanza
die Blutbahn
dahinzieht.

Mach eine Schleuse, da
wo der Puls ist, eine Schleuse,
daß sie stockt,
diese ewige Zirkulation
und sich ins Offne
verströmt, bis
du das Wort hörst:

Denk es.

RASCHELN

Erdzugewandter
kommen die Träume im Sommer –
Eidechsen, lauter letzte Zeilen,
Überlebende
von vor der Zeit.
Diese unter dem Schattenstab
weghuschenden,
diese unübersetzbaren,
diese rückwärtsgeträumten
Wörter unsicherer Herkunft
in den Gedankengängen.
Diese:
die mit dem Lichtsinn,
freigeschlagen
aus dem zitierbaren
Stein. Die Toten
nicken dir zu:
wir sind da.
Verlegte Tagesreste
als Verständnishilfen.

Am Ölberg

Die den Hang herab-
gestaffelten, flach-
gelegten Steine,
tonlos und weiß,

gleich, gleich
und glatt,
unter denen sich's eng liegt,
mit den Steinen darauf, hin-

geschüttet
wie Sternenstaub,
den nur ein Menschenauge
sich zu lesen vermißt.

In Schwaden, konturlos,
herübergetrieben,
hängt in der Luft,
was war, ist, bleiben wird:

Ich bin da.

Von oben

Die in einem Braus hingeballten
Steigerungsformen der Berge,
kahl, bedeutungslos, immer.

Tiefer: Ziegenherden, Widder
mit dem künftigen Neujahrsgehörn.
Dornbüsche.

Ganz tief, in den Abgründen, Wesen
mit nur zwei Beinen, einem
Kopf, sinn-

süchtig, ewigkeitsgeil, und
spinnen sich aus, sie
wären verständlich

da oben.

Unterwegs

Ein Tönen von erloschenen Gestirnen
glänzt über der Wüste,
wo du im Steinbett liegst,
wo du die Träume herabsteigen siehst
und hinauf. Niemand
will sie mehr deuten,
auch du nicht,
und sie steigen
und steigen noch immer
im Maß mit dem Tönen,
und du singst,
und singt es aus dir,
der helle Wahn,
bis du erwachst
und dir graut.
Ein Stein
bezeichnet die Stelle.

Oktober

Oktoberblätter –
diese ungeheure Leichtigkeit des Sterbens,
die uns die Bäume vormachen,
Ring um Ring.

Das sanfte Nicht-mehr-,
Bald-nicht-mehr-
in-der-Welt-Sein,
tonlos, mühelos, stumm,

vielleicht noch ein Zittern,
ein Rascheln,
ein Zittern.
Daß die niedergelegte Pracht

ununterscheidbar sein wird
von dem, wovon einer sie abschied,
und daß es da nichts
zu verstehn gibt.

Gut.
Es ist gut.

In die Ferne, die Nähe

Weggestutzt, coupiert,
was wuchern wollte,
in der zu kurzen Sprechzeit.

In den singenden Stimmen
vom Nebel in Asti
ist Zeit, ist Zeit und die Rede
vom Davor und Danach und Dazwischen.
Bald ist die Lese herein,
sind die letzten Feigen gegessen.
Bald ist bald,
immer wie immer.

In den von dir
hervorgerufenen Zeilen
geht das Ausgeschwiegene um
wie die Schatten von morgen.

Schwarz und weiss

In die von den Bäumen
geschnittenen Stäbe im Spätherbst
kerbst du Zeichen, deutbar
den Schafen und Böcken.

Für allen Betrug
ersinnst du den Gegenbetrug,
herauszubuchstabieren,
brünstig, süchtig, Jakob,

aus dem Zusammen-
gelesenen: die Schrift
und was aus ihr wurde:
Wucher, Wirklichkeit, ein

Dazwischen.
Wie, fragst du, lassen sich
Mein und Dein aufteilen ohne
Hexerei?

Daimon

Was wäre nicht
alles zu lesen,
denk nur –
das Lid, das sich hebt,
das sich senkt,
der rascher werdende Atem
über der vollgeschriebenen Haut,
das alte, das neue
Testament deiner Brüste –
im Geblätter der Buchen
lief es,
jauchzend,
auf eins
hinaus.

Das unlesbar einmal
aus der Wolke
ins Nichts
Weiß-
gebrannte,
zu dem, was du sein mußt,

nicht.

(Ein Häkchen verwirrt
in den leergerechneten Namen –
nicht auszudenken.)

TURIN

Im feucht-kalten Zimmer
mit den abblätternden Wänden,
wie sie da sitzen
auf ihren schwarzen Stühlen,
ungewaschene Pleureusen,
als beweinten sie,
was sie da spinnen,
daß einer den Faden verliert
und wiehernd sich durchs Labyrinth
stottert, in dem's
kein Versteck gibt.

Verschieden

So bist du denn davon –
dein drittes Auge
zwischen den Flügelansätzen
ruht kleiner werdend
unverwandt
auf mir.

Francesca spricht

alptraumbegabt
im Lesen zwischen den Zeilen.
Denk nicht daran,

wie wir da standen
auf dem Glücksgrat
in der Dämmerung des Appells –

von Atemstößen getrieben
die Augen,
bis sie sich trafen.

So leicht
sind wir im Wind
über der schwarzen Luft.

Zuletzt

Viel Helligkeiten,
einiges Blech, es
steht jemand da mit
Waage und Schwert.

Gibt es ein angemessenes
Verhalten vorm
Jüngsten Gericht?
Ein paar Einsilbigkeiten:

Ja, ja. Nein, nein.
Wissen, woran man
ist, glaubst du. Wenigstens
das.